In liebevoller Erinnerung an Dory

*"Hey, don't ever hide your love away."*

Alibri

Alibri Verlag GmbH
www.alibri.de

MIX
Fördert gute Waldnutzung
FSC® C118365
FSC www.fsc.org

Zweite Auflage 2024


Aus dem Niederländischen übersetzt von Johnny Van Hove

Titel der Originalausgabe: Overal en ergens


Druck und Verarbeitung: Nikara, Krupina
Umschlag: Claus Sterneck
Titelgraphik: Sassafras De Bruyn

ISBN 978-3-86569-258-0

Pimm van Hest
Sassafras De Bruyn

# Überall und irgendwo

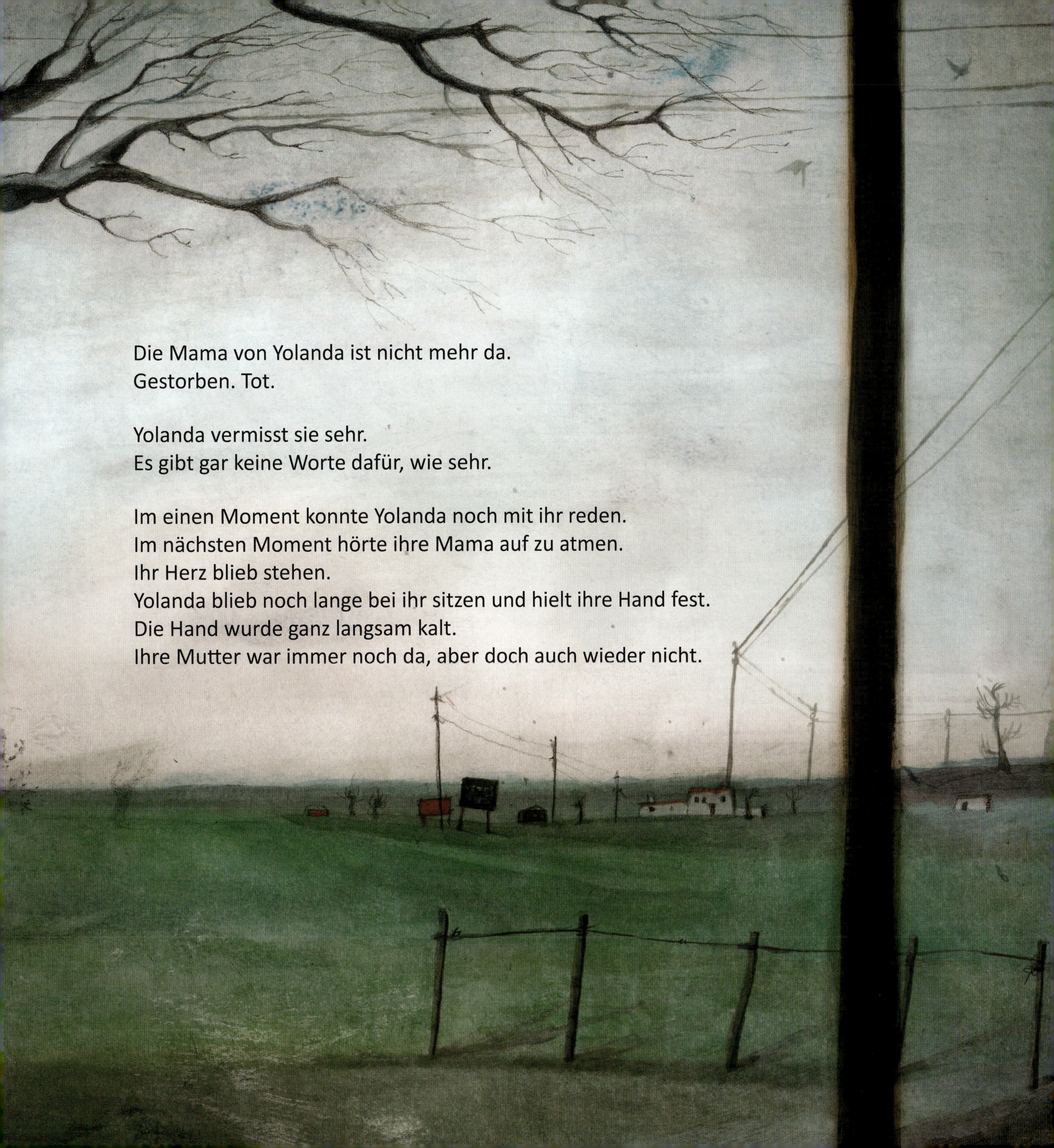

Die Mama von Yolanda ist nicht mehr da.
Gestorben. Tot.

Yolanda vermisst sie sehr.
Es gibt gar keine Worte dafür, wie sehr.

Im einen Moment konnte Yolanda noch mit ihr reden.
Im nächsten Moment hörte ihre Mama auf zu atmen.
Ihr Herz blieb stehen.
Yolanda blieb noch lange bei ihr sitzen und hielt ihre Hand fest.
Die Hand wurde ganz langsam kalt.
Ihre Mutter war immer noch da, aber doch auch wieder nicht.

Menschen reden nicht gerne über den Tod.
Sie bleiben lieber still. Genauso wie Mama jetzt.
Yolanda will aber nicht still sein.
Sie möchte wissen, wo ihre Mama nun sein könnte.
Sie muss doch irgendwo sein?

***„Wenn du mich suchst, lieber Schatz, wirst du mich finden."***

Also beschließt Yolanda, sich auf die Suche zu machen.
Auf die Suche nach Mama.
Ihrer Mama, die tot ist.

Sie beginnt mit Julian.
Ihrem vierjährigen Bruder.
Vielleicht weiß er, wo Mama ist.
Die Tür seines Zimmers ist angelehnt.
Sie hört ihn sprechen.
Er redet mit Mama.
Wie ist das möglich?
Schwungvoll öffnet Yolanda die Tür.
Julian sitzt im Schneidersitz auf dem Bett.
Ihm gegenüber sitzt Bär.

*Mama ist Bär und Bär ist Mama.*

Yolanda geht nach unten.
Papa sitzt am Tisch und trinkt eine Tasse Kaffee.
Yolanda setzt sich zu ihm.
„Papa, wo ist Mama jetzt, was denkst du?“
„Nun…“, sagt Papa.
Einen Augenblick ist es still.
Dann nimmt er das Foto von Mama und stellt es auf den Tisch.
„Hier ist Mama nun für mich. Zwischen uns. Auf dem Tisch.
Aber sie ist auch in dem Bild, das sie gemalt hat.
Oder in dieser Kaffeetasse, die sie wieder zusammengeklebt hat.
Und auf diesem Stuhl, auf dem sie immer saß,
oder in der Jacke, die immer noch an der Garderobe hängt.“

*Mama ist in den Dingen und die Dinge sind Mama.*

Abends im Bett denkt Yolanda nach,
über Julian und Papa.
Sie nimmt Hase. Ihr Kuscheltier.
Mama hat Hase für sie gemacht.
Yolanda drückt Hase ganz eng an sich.
Das ist schön.
Yolanda riecht an Hase.
Hase riecht nach Hase.
Und Hase riecht nach Yolanda.
Aber Hase riecht auch nach Mama.
Nach Mamas Duft.
Auf einmal spürt sie Mama ganz nah.
Wenn sie die Augen schließt,
ist es, als ob Mama mit ihr kuschelt.

*Mama ist Hase und Hase ist Mama.*

Am nächsten Tag kommt Tante Christine zu Besuch.
Die Schwester von Mama.
„Tante Christine, weißt du, wo Mama jetzt ist?“
Sofort hat Tante Christine Tränen in den Augen.
Yolanda erschrickt.
„Es sind Tränen der Freude, mein Schatz.
Ich finde es gerade sehr schön, wenn du mich nach Mama fragst.
Solange wir über Mama reden, ist sie immer noch ein bisschen bei uns.
Wenn wir nicht mehr über Mama sprechen und nie an sie denken,
erst dann wird Mama verschwinden.“
Den Rest des Nachmittags erzählt Tante Christine Geschichten über Mama.
Es ist, als ob Mama dabei ist.

*Mama ist in Geschichten und in den Geschichten ist Mama.*

tu mama
à la MER

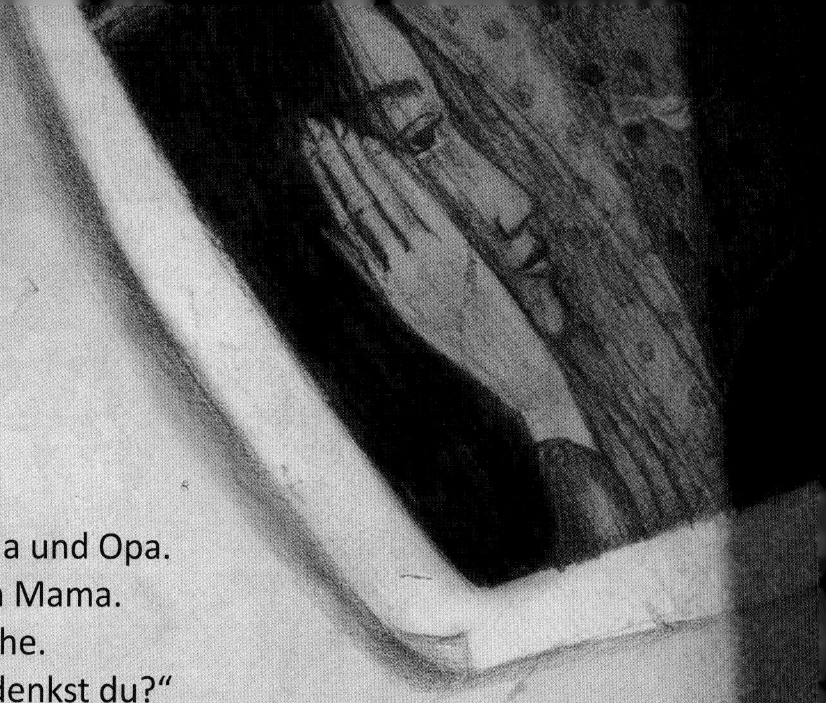

Am Samstag ist Yolanda bei Oma und Opa.
Die Mama und der Papa von Mama.
Yolanda geht in die Küche.
„Oma, wo ist Mama jetzt, was denkst du?“
Oma wischt sich die Hände an ihrer Schürze ab und setzt sich hin.
Sie nickt und nickt, aber sagt nichts.
Dann steht Oma auf und geht aus der Küche.
Yolanda bleibt alleine zurück.
Kurz darauf legt Oma ein Fotoalbum auf den Tisch.
Sie blättert durch das Buch und zeigt auf ein Bild.
Yolanda schaut sich das Foto an, aber sie versteht nicht.
„Oma, warum zeigst du mir ein Bild von mir?“
Oma lächelte durch ihre Tränen hindurch.
„Das bist nicht du, mein Schatz, das ist deine Mama.“

*Mama ist Yolanda und Yolanda ist Mama.*

Yolanda geht mit Opa zum Friedhof.
Er kümmert sich um das Grab von Mama. Das macht er gerne.
„Opa, wo ist Mama jetzt, was denkst du?“
Opa legt seine Harke nieder und setzt sich ins Gras.
„Unter diesem Gras ist ganz viel Erde“, sagt Opa,
„und darin ist Mama begraben.
Ganz langsam wird sie zu Erde werden.
Im Frühling werden Gras und Blumen aus dieser Erde wachsen.
Für mich ist es dann so, als würde ich deine Mutter wiedersehen.
Irgendwie wird sie wieder zum Leben erweckt,
in einer Blume, in einem Würmchen,
das seinen Kopf aus der Erde herausstreckt,
oder in einem köstlichen Apfel, der an einem Baum wächst.“

*Mama ist Natur und die Natur ist Mama.*

Zurück zu Hause nimmt Opa Yolanda mit in eine Ecke im Garten.
„Schau mal, Schatz, die Rosen, die hier blühen,
wurden von deiner Mama gepflanzt, als sie in deinem Alter war.
Jedes Jahr erblühen sie. Auch jetzt noch, wo deine Mama nicht mehr da ist.
Auch so lebt sie ein bisschen fort."
Vorsichtig schneidet Opa die schönste Rose ab und reicht sie Yolanda.
„Stell sie in eine Vase neben dein Bett.
Dann wird Mama dir ganz nahe sein."

*Mama ist die Rose und die Rose ist Mama.*

Am nächsten Tag klingelt der Wecker früh.
Willa, die beste Freundin von Mama, nimmt Yolanda mit zum Strand.
„Für mich ist deine Mutter hier“, sagt Willa, als sie am Meer entlanglaufen.
„Wo denn?“, fragt Yolanda.
„Im Wind. Du kannst den Wind nicht sehen, aber du kannst ihn spüren.
So ist es auch mit deiner Mama.
Du kannst sie nicht sehen, aber sie ist immer noch da.
Breite deine Arme aus, mein Schatz, schließe deine Augen und denke an Mama.
Dann wirst du sie spüren.“
Einen Moment lang vergisst Yolanda alles,
dann spürt sie, wie Mamas Arme sie umarmen.
Yolanda wird es warm ums Herz.

*Mama ist im Wind und der Wind ist Mama.*

Als Yolanda ins Bett geht, liegt sie noch eine Weile wach.
Plötzlich erinnert sie sich an die Worte ihrer Lehrerin, Frau Franka.
„Ich denke, dass deine Mama nun ein schöner Stern am Himmel ist.
Ein kleiner Stern, der nachts scheint, wenn du schläfst, und der auf dich aufpasst.
Ein Licht im Dunkeln.
Wann immer du deine Mama vermisst, schau in den Himmel hinauf.
Vielleicht kannst du sie unter allen anderen Sternen entdecken.“
Yolanda öffnet die Vorhänge und schaut nach oben.
Auch wenn Mama weit weg ist, fühlt es sich so an, als ob sie ganz nahe ist.

*Mama ist ein Stern und der Stern ist Mama.*

In dieser Nacht hat Yolanda einen schönen Traum.
Sie sitzt alleine auf einer Bank.
Dann kommt Mama und setzt sich neben sie.
Einfach so. Wie sie es immer tat.
„He“, sagt Yolanda, „da bist du ja.
Ich habe dich *überall* gesucht.“
Mama beugt sich nach vorne und gibt ihr einen Kuss.
„Das ist genau dort, wo ich bin, lieber Schatz.“

Als Papa sie am nächsten Morgen mit einem Kuss aufweckt,
sagt Yolanda: „Ich weiß jetzt, wo Mama ist.“
„Wo denn?“, fragt Papa.

***„Mama ist überall!“***

**Pimm van Hest**, Jahrgang 1975, arbeitete als Lehrer und im Buchhandel, bevor er schließlich Psychologie studierte und begann, Kinderbücher zu schreiben. Er lebt zusammen mit seinem Mann, der gemeinsamen Adoptivtochter und zwei Hunden in den Niederlanden.

**Sassafras De Bruyn** wurde 1990 in Belgien geboren und wusste schon als Kind, dass sie wohl ihr ganzes Leben lang zeichnen würde. Ihre Passion für die Malerei führte sie schließlich an die Kunsthochschule nach Antwerpen. 2015 erschien ihr erstes eigenes Bilderbuch *Cleo*.